AF484841

# EDIZIONI

*MISTER ALPHABET*

# IL PROF ALPHABET

**Edizione 2022**

*Autrice Teresa Averta*

-Illustrazioni e grafica-

**Teresa Averta**

# IL PROF ALPHABET

# FIABA BILINGUE

di

Teresa Averta

Dedico questa fiaba

ai miei piccoli studenti

curiosi di apprendere  e conoscere

le meraviglie del mondo.


*I dedicate this fairy tale*

*to my little students*

*curious to learn and know*

*the wonders of the world.*

# PROF ALPHABET

**Cari bambini…**

**e miei piccoli studenti**

è un po' che scrivo, personalmente, le favole che vi racconto, e so che voi leggete sempre le mie storie o le ascoltate dai vostri genitori… che hanno operato la felice scelta, con il conseguente compito di accostarvi alla lettura, di farvi crescere in cultura e umanità.

*Dear children…*

*and my little students*

*I've been writing, personally, the fairy tales I tell you for a while, and I know that you always read my stories or listen to them from your parents… who made the happy choice, with the consequent task of bringing you closer to reading, of helping you grow in culture and humanity.*

È proprio attraverso le belle e interessanti storie che
voglio parlarvi e insegnarvi l'inglese perché è più
interessante, motivante e divertente, specialmente
quando per cause eccezionali e straordinarie, ci siamo

incontrati o ci incontriamo in web, connessi nella realtà virtuale, per esempio in DAD, con la didattica -on line-

*It is precisely through beautiful and interesting stories that I want to talk to you and teach you English because it is more interesting, motivating and fun, especially when, for exceptional and extraordinary causes, we have met or meet on the web, connected in virtual reality, for example in DAD, with teaching -online-*

Abbiamo conosciuto e appreso attraverso la disciplina che insegno e voi studiate **la lingua inglese** e i suoi argomenti. Uno dei primi contenuti della seconda lingua che si studia, ormai, in tutto il mondo è **l'alfabeto.**

Infatti, appena inizia il corso di inglese, a scuola, si imparano A- E- I- O- U (EI- I- AI- OU- IÙ), LE VOWELS: le vocaline intelligenti e simpatiche che quando si abbracciano con le -FOREIGN LETTERS- cioè le letterine straniere, formano dei suoni particolari, e se si riuniscono in gruppo formano anche delle meravigliose paroline inglesi.

*Che musicaaa maestra!*

A volte capita che la scuola, "la casa educativa" che accoglie i bambini, diventi per le sue importanti funzioni, un luogo magico e misterioso.

In questo *"mondo fantastico"* nasce la magia delle favole e fiabe, delle storie e dei racconti: letterine e vocaline parlanti, alfabeti che diventano *"maestri della didattica"*, grammatiche che si trasformano in *"regine del discorso"* parole che si uniscono e s'incrociano, si abbracciano e si baciano per formare delle *"famiglie allegre e bizarre"*.

*We have known and learned through the discipline that I teach and you study the English language and its topics. One of the first contents of the second language that is now studied all over the world is the alphabet.*

*In fact, as soon as the English course starts, at school, you learn A- E- I- O- U (EI- I- AI- OU- IÙ), THE VOWELS: the intelligent and nice vocals that when you hug each other with - FOREIGN LETTERS - that is, foreign letters form particular sounds, and if they come together in a group they also form wonderful English words.*

*What music teacher!*

*Sometimes it happens that the school, "the educational home" that welcomes children, becomes a magical and mysterious place due to its important functions.*

*In this "fantasy world" the magic of fairy tales and fairy tales, of stories and tales is born: talking letters and vowels, alphabets that become "masters of teaching", grammars that transform into "queens of speech" words that come together and s they cross paths, embrace and kiss to form "merry and bizarre families".*

*Insomma, succede di tutto e di più…*

Dunque, partiamo alla ricerca della conoscenza con curiosità e allegria, e impariamo con gioia e interesse cose belle dal mondo.

Avventurandoci in una nuova realtà tutta da scoprire…

*In short, everything happens and more…*

*So, let's set out in search of knowledge with curiosity and joy, and learn beautiful things from the world with joy and interest.*

*Venturing into a new reality waiting to be discovered…*

# <IL MONDO DELLA DIDATTICA FANTASTICA>

## DIDA vi presenta una favola nuova!

*Fiabe e favole a scuola*

# <IL MONDO DELLA DIDATTICA FANTASTICA>

*Fiabe e favole a scuola*

## Mister Alphabet

# <THE WORLD OF FANTASTIC EDUCATION>

*Fairy tales and fairy tales at school*

## Mister Alphabet

# C'era una volta

**C'era una volta** il professore Aphabet (alfabeto), che proveniva dall'Inghilterra; egli era molto ricco ed elegante, intelligente e generoso, un uomo tutto d'un pezzo. Era alto, simpatico, sorridente, con la barba lunga come quella di Santa Claus, e indossava sempre un abito lungo, una sorta di tunica da "vecchio filosofo" che sembrava la toga che usano, oggi, gli avvocati. Ufff…era proprio strano!

Comunque sia, era ben sistemato nella sua particolare dimensione di padre e circondato da ventisei figli. La sua famiglia era particolare e speciale perché in fondo possedeva una cultura letteraria.

Quante lettere e vocali intorno a lui. Come avrete capito: aveva una bellissima, importante e numerosa famiglia con sé: 16 consonanti, 5 vocali e 5 lettere straniere. Ve ne erano sia maiuscole sia minuscole, tutte vivaci e colorate, pronte a fare insieme tanti bei discorsi e farsi conoscere dagli studenti, e in modo particolare dagli alunni della scuola italiana.

*Once upon a time PROFESSOR ALPHABET (alphabet), who came from England; he was very rich and elegant, intelligent and generous, a solid man. He was tall, pleasant, smiling, with a long beard like Santa Claus's, and always wore a long dress, a sort of "old philosopher's" tunic that looked like the toga that lawyers use today. Ufff...that was just weird!*

*Be that as it may, he was well settled in his particular dimension as a father and surrounded by twenty-six children. His family was particular and special because basically it possessed a literary culture.*

*How many letters and vowels around him. As you may have understood: he had a beautiful, important and large family with him: 16 consonants, 5 vowels and 5 foreign letters. There were both uppercase and lowercase, all lively and colourful, ready to make many beautiful speeches together and make themselves known to the students, and especially to the pupils of the Italian school.*

# PROF ALPHABET

Però, ahimè, nel suo armamentario letterario ahahahah, volevo dire nel suo **alfabetiere** c'era la lettera **H** che era muta in italiano, "mutina", nel senso che non riusciva a parlare tanto… che peccato! La "mutina" però compensava con la sua grande e spiccata intelligenza e conosceva bene la lingua inglese.

La H lettera muta, che sembra non servire a niente, infatti si dice: *"non vale un'acca"* in realtà era ed è molto importante, sveglia, intraprendente e quasi magica.

Il prof. Alphabet insegnava, regolarmente, ai suoi alunni l'inglese a scuola, svolgeva il suo programma e il tempo trascorreva felice. Infatti, le vocaline come farfalle danzavano leggere sui quaderni, le consonanti fluttuavano serene e morbide come le onde del mare tra le righe e si innamoravano, le une delle altre, tanto che volevano sposarsi per formare tante e tante nuove paroline. Che meravigliaaa in questa scuola dove si respira aria di gioia e cultura!

*But, alas, in his literary paraphernalia ahahahah, I meant in his alphabet book there was the letter H which* was silent in Italian, "mutina", in the sense that he couldn't speak much… what a pity! However, the "mutina" compensated with her great and marked intelligence and knew the English language well.

The silent letter H, which seems to be of no use, in fact it is said: "it is not worth a cent" in reality it was and is very important, smart, enterprising and almost magical.

The professor. Alphabet regularly taught his pupils English at school, carried out his schedule and the time passed happily. In fact, the little vowels danced lightly like butterflies on the notebooks, the consonants floated serene and soft like the waves of the sea between the lines and they fell in love with each other, so much so that they wanted to get married to form many and many new little words. How wonderful in this school where you can breathe an air of joy and culture!

Mentre la **SCUOLA DI PORTOBELLO** funzionava alla grande e i bambini erano capaci di imparare tutte le discipline e le lingue, un giorno s'intrufolarono tra di loro personaggi del tutto sconosciuti appartenenti ad una famiglia straniera: una **J**, una **K**, una **W**, una **X** e una **Y**, e si misero a ballare il rock and roll come dei forsennati. Tutti gli scolari: maschietti e femminucce, compresi i maestri e i bidelli, che avevano sentito strani rumori dentro la scuola, assistettero ad uno spettacolo più unico che raro. I nuovi personaggi ballavano disinvolti come fossero in discoteca e non si curavano di chi ci fosse attorno a loro; la musica si spandeva forte nell'aria e tutti i presenti guardavano scioccati queste nuove e strane presenze.

*While the PORTOBELLO SCHOOL was working great and the children were able to learn all the disciplines and languages, one day completely unknown characters from a foreign family sneaked in among them: a J, a K, a W, an X and a Y, and they rocked and rolled like madmen. All the schoolchildren: boys and girls, including the teachers and janitors, who had heard strange noises inside the school, witnessed a more unique than rare show. The new characters danced casually as if they were in a disco and didn't* care who was around them; the music wafted loudly in the air and everyone present looked in shock at these new and strange presences.

Il prof. Alphabet seguiva con gli occhi quanto stava accadendo e senza fiatare. Il vecchio e buon saggio aveva capito dalla musica che fossero presenze acculturate, e chiese alle gentili e nuove **"lettere straniere"**, entrate in classe, chi fossero, nello specifico, e se volessero far parte anche loro dell'alfabeto. Il prof. era stato sempre dolce e accogliente con tutti i suoi studenti e persino con chi proveniva da un altro paese o pianeta dell'universo.

*The professor Alphabet followed what was happening with his eyes and without saying a word. The good old sage understood from the music that they were cultured presences, and asked the kind and new "foreign letters" who entered the class who they were, specifically, and if they too wanted to be part of the alphabet. The professor. he had always been sweet and welcoming to all of his students and even to those from another country or planet in the universe.*

Esse assicurarono che avrebbero potuto comporre, anche loro, delle parole nuove e originali da far imparare a tutti gli scolari. Nonostante la loro prontezza e disponibilità, l'atmosfera scolastica s'incupì poiché le letterine italiane "andarono su tutte le furie".

Purtroppo, dalla A alla Z, tutte si ribellarono davanti alla stravagante richiesta.

*They assured that they too could compose new and original words for all the students to learn. Despite their readiness and availability, the school atmosphere darkened as the Italian letters "went on a rampage".*

*Unfortunately, from A to Z, all rebelled against the extravagant request.*

Le letterine straniere, per fortuna, non si scomposero, e allegre, allegrotte, cominciarono a recitare questa filastrocca:

*Da tutto il mondo, senza frontiere,*

*ecco arrivate le letterine straniere.*

*Nell'alfabeto facciamole entrare,*

*son divertenti da imparare:*

*X, Y, J, K, W*

*quante parole saprai ancor di più.*

The foreign letters, fortunately, didn't get upset, and cheerfully, cheerfully, they began to recite this nursery rhyme:

From all over the world, without borders,

here come the foreign letters.

In the alphabet we let them enter,

they are fun to learn:

*X, Y, J, K, W*

how many words you will know even more.

La Y, la più intraprendente, disse: *"Vorrei fare un esempio"*. Si avvicinò alla O poi alla G e alla A e le mise in riga; si posizionò davanti a loro e domandò: *"Che parola abbiamo composto? Che cosa significa?"*

Le altre lessero e si resero conto che corrispondeva ad una disciplina sportiva, lo **Yoga**: *"Oh! Finora l'abbiamo scritta con la I"*.

La Y continuò: *"Ci sono anche:* **Young-** *giovane e* **_Yacht_**".

*Y, the most enterprising, said: "I would like to give an example." He approached the O then the G and A and lined them up; he positioned himself in front of them and asked: "What word did we compose? What does it mean?"*

*The others read and realized that it corresponded to a sport, Yoga: "Oh! So far we have written it with an I".*

*The Y continued: "There are also: Young-young and Yacht".*

Il gioco, a un certo punto, piacque molto alle ventuno lettere italiane che domandarono di continuare con nuove parole.

*At one point, the game was greatly appreciated by the twenty-one Italian letters who asked to continue with new words.*

*La K formò Key: chiave- e Kurt, nome di persona.*

*The K formed Key: key and Kurt, personal name.*

La X, a differenza delle altre, aveva un senso anche da sola per indicare un pareggio oppure, insieme alla E, un evento o una persona del passato, cioè **Ex**. Un'altra bellissima parola poteva essere **Exit,** cioè uscita.

*The X, unlike the others, also made sense on its own to indicate a tie or, together with the E, an event or a person from the past, i.e. Ex. Another beautiful word could be Exit, i.e. output.*

Le ventuno lettere erano in fermento. Ciascuna desiderava leggere parole sconosciute e insolite. Che bello! Il gioco si faceva istruttivo ed emozionante.

La W si pose davanti alla O, alla M, alla A e alla N: "*Che parola ho composto?*" Tutte lessero: **Woman**, *cioè donna.*

*The twenty-one letters were abuzz. Each wanted to read unfamiliar and unusual words. How wonderful! The game became instructive and exciting.*

*The W stood in front of the O, the M, the A and the N: "What word did I compose?" They all read: Woman, that is, woman.*

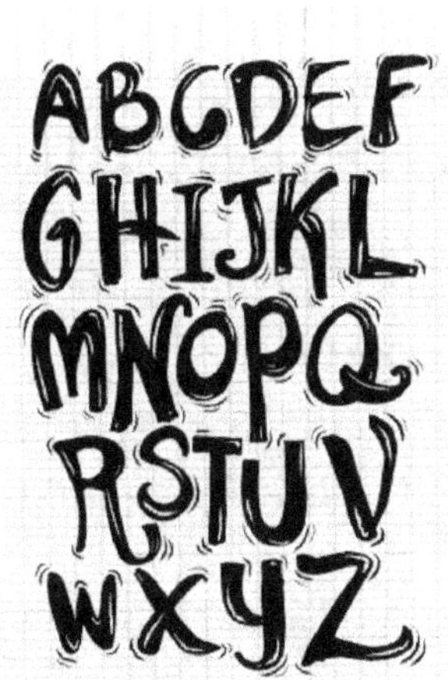

Per non parlare della parola **Web** che esprime milioni di siti che si possono visitare, virtualmente, sul PC. Oppure **Word**- parola che indica un programma di videoscrittura elettronica per internet, o il **Week-end**, che tutti amano e indica il riposo settimanale. E così via…

*Not to mention the word Web which expresses millions of sites that can be visited virtually on the PC. Or Word- word that indicates an electronic word processing program for the internet, or the Week-end, which everyone loves and indicates the weekly rest. And so on...*

"*A proposito*" s'intromise la Z, che era l'ultima dell'alfabeto ma non la meno intelligente, conosceva anche le lingue. "*Where are you from*" "*Da dove venite?*"

*"Noi veniamo dai paesi del Nord-Europa; abbiamo sempre vissuto lì ma, a un certo punto, ci siamo detti:* 'Perché non andare in giro per il mondo, in Italia per esempio e poi anche in Calabria, regione del sud Italia, per affiancare il grande prof. Alphabet?

La J aggiunse: *"Io posso formare:* **Julia** *oppure* **Jeep** *o* **Junior**. *Come vedete, termini importanti che, finora, vi siete persi"*.

*"By the way," interjected Z, who was last in the alphabet but not the least intelligent, she also knew languages. "Where are you from" "Where are you from?"*

*"We come from the countries of Northern Europe; we have always lived there but, at a certain point, we said to ourselves: 'Why not go around the world, to Italy for example and then also to Calabria, a region in southern Italy, to work alongside the great prof. Alphabet?*

*J added: "I can train: Julia or Jeep or Junior. As you can see, important terms that, up to now, you have missed".*

Tutti gli scolari seguivano stupiti e curiosi questa fantastica scena, con gli "occhi fuori dalle orbite".

I bidelli se ne stavano dietro le porte dell'aula ad origliare… e intanto…

La X continuò: *"Non potete più fare a meno di noi. Siamo necessarie per comporre parole moderne"*.

*All the pupils followed this fantastic scene amazed and curious, with their "eyes popping out of their sockets".*

*The janitors stood behind the classroom doors eavesdropping… and in the meantime…*

*The X continued: "You can no longer do without us. We are needed to compose modern words".*

Tutte ammutolirono. Non vi dico la H! Ahahahahah…

They all fell silent. I won't tell you the H! Hahahahaha…

Il gioco non era più divertente. Sentir dire che le lettere sconosciute erano indispensabili e utili per esprimere concetti moderni, era troppo per loro. Si presero d'invidia e andarono a spulciare nei libri e a consultare un dizionario. Oltre alle migliaia di parole che erano composte con le lettere di rito, iniziavano a comparire parole con lettere straniere.

*The game was no longer fun. Hearing that unknown letters were indispensable and useful for expressing modern concepts was too much for them. They became envious and went to sift through books and consult a dictionary. In addition to the thousands of words that were composed with the ritual letters, words with foreign letters began to appear.*

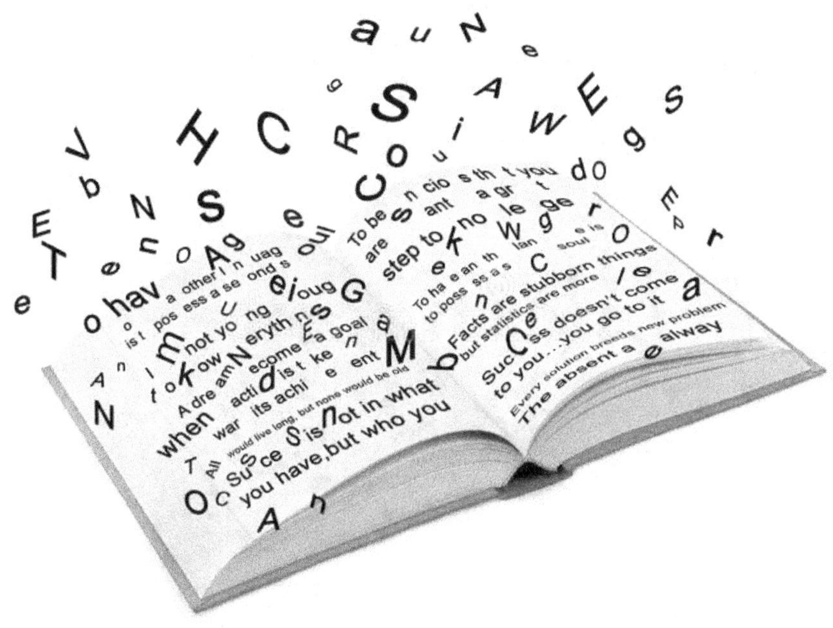

Beh, a quel punto, non contente, le 21 lettere decisero di entrare in sciopero, di non formare più frasi, idee, concetti. Ne conseguì una baraonda e i bambini della scuola calabrese e di tutte le altre scuole dei paesi vicini, rimasero straniti perché non capivano cosa stesse accadendo.

*Well, at that point, not happy, the 21 letters decided to go on strike, not to form more sentences, ideas, concepts. An uproar ensued and the children of the*

Calabrian school and of all the other schools in the neighboring villages were amazed because they did not understand what was happening.

Il prof. Alphabet, dopo un lungo e religioso silenzio, fu costretto a intervenire: ***"BASTAAAA. CHE COSA SUCCEDE? PERCHÉ NON FUNZIONA PIÙ NIENTE? CHI HA COMINCIATO QUESTA DISPUTA? CHI SONO I COLPEVOLI?"***

La musica cominciò a suonare note stonate, non si sentiva più l'incantevole melodia dell'armonia culturale nelle classi, ma uno strepitoso e fragoroso frastuono di parole scomposte e sconnesse senza alcuna logica grammaticale e linguistica.

*Professor Alphabet, after a long and religious silence, was forced to intervene: "STOP. WHAT HAPPENS? WHY IS NOTHING WORKING ANYMORE? WHO STARTED THIS DISPUTE? WHO ARE THE GUILTY?"*

*The music began to play out of tune notes, the enchanting melody of cultural harmony in the classrooms was no longer heard, but a resounding and thunderous din of broken and disconnected words without any grammatical and linguistic logic.*

*"Oh my God! Oh my God"* -esclamò- a gran voce e

correndo verso le aule, da una parte all'altra, la vecchia

e acciaccata preside della scuola di **Portobello,** che era appena entrata, dopo essere stata avvisata dell'accaduto, dai collaboratori scolastici.

C'era il finimondo. Il prof. Alphabet urlavaaa, la preside munita di un retino lungo e largo, cercavaaa di acchiappare in volo, le letterine straniere come fossero farfalle.

Gli scolari letteralmente "impazziti" correvano dietro la preside, con degli aeroplanini di carta, perché avevano intuito che il tutto fosse un bellissimo e divertente gioco.

*Oh my God! Oh my God" -exclaimed- in a loud voice and running towards the classrooms, from one side to the other, the old and bruised principal of the Portobello school, who had just entered, after being warned of the incident, by the school collaborators.*

*There was the end of the world. The professor Alphabet screamed, the principal equipped with a long and wide net, tried to catch the foreign letters in flight as if they were butterflies.*

*The literally "crazed" pupils ran after the principal, with paper airplanes, because they had intuition that everything was a beautiful and fun game.*

I bidelli irritati e visibilmente arrabbiati, con le ramazze in mano, provavano a raccogliere carte e lettere, ma era un'impresa infernale. Evidentemente era una "bolgia letteraria"!

*The annoyed and visibly angry janitors, with brooms in hand, tried to collect papers and letters, but it was a hellish undertaking. Evidently it was a "literary bedlam"!*

Le lettere, d'altro canto, si agitarono tutte. Ognuna ansiosa di dire la sua e gli scolari, con i capelli dritti per le urla, ascoltavano il baccano che si era creato in tutte le classi. A scuola c'era il caos.

*"Silenzio! Silenzio! Fermatevi! Calmatevi! Parlate per favore una alla volta! Mi chiedo se, vi rendete conto, della confusione mondiale che avete causato"* -disse, abbastanza concitato e con la sua bacchetta in mano- il prof Alphabet.

*The letters, on the other hand, all stirred. Each eager to have her say and the pupils, their hair standing up from screaming, listened to the hubbub that had arisen throughout the classrooms. There was chaos at school.*

*"Silence! Silence! Stop! Calm down! Please speak one at a time! I wonder if you realize the worldwide confusion you have caused" -said, quite excitedly and with his wand in his hand- prof Alphabet.*

All'improvviso, come per magia, si zittiscono le voci di tutti; cala nell'aria un silenzio assoluto e certosino. L'atmosfera si fa più seria e serena. Si fermano gli scolari, i bidelli, i maestri, e la preside, che mancava poco svenisse…il prof esausto si siede e si asciuga la fronte.

Ecco dall'ultimo banco della classe 5^, -ora d'inglese- alzarsi una bambina, di nome Vivienne, che chiede, con la mano in alto, il permesso di parlare.

*Suddenly, as if by magic, everyone's voices fall silent; an absolute and painstaking silence falls in the air. The atmosphere becomes more serious and serene. The pupils, the janitors, the teachers, and the principal stop, who almost fainted… the exhausted professor sits down and wipes his forehead.*

*Here from the last bench of the 5th class, - now in English - a little girl, named Vivienne, gets up and asks, with her hand raised, permission to speak.*

Il prof Alphabet stremato e senza forza di parlare, fa cenno con gli occhi, accordando il permesso di parola a Vivienne, che dice: *"Ascoltate, tutti! Io sono piccola e timida, ma cercherò di dire che cosa penso dopo questa piccola e meravigliosa avventura. Non ho avuto paura del nuovo e di quello che è successo. Di come si è trasformata la nostra scuola.*

*Noi studenti, io e i miei compagni, abbiamo tanta voglia di imparare tutte le discipline: Italiano, Inglese, Matematica, Scienze e le altre materie. Soprattutto le lingue, quelle straniere che sono utili e importanti per la nostra crescita culturale, umana e sociale come ci hanno insegnato i nostri maestri e le nostre maestre in classe. Noi desideriamo conoscere e fare amicizia con i nostri compagni che provengono dagli altri paesi del mondo, e per questo dobbiamo studiare e imparare altre lingue con l'aiuto e il sostegno del nostro prof. Alphabet.*

*Se fosse possibile, quindi, visto che vi abbiamo ascoltate in silenzio, care LETTERINE STRANIERE, ora vi diamo il vero benvenuto nella nostra scuola insieme con il prof. Alphabet e la nostra maestra d'Inglese.*

*WELCOME IN CALABRIA AND IN ITALY!*

*Professor Alphabet exhausted and without the strength to speak, nods with his eyes, granting permission to speak to Vivienne, who says: "Listen, everyone! I'm small and shy, but I'll try to say what I think after this wonderful little adventure. I was not afraid of the new and what happened. How our school has changed.*

*We students, my classmates and I, have a great desire to learn all disciplines: Italian, English, Mathematics, Science and other subjects. Above all languages, foreign ones that are useful and important for our cultural, human and social growth as our teachers taught us in the classroom. We want to know and make friends with our classmates who come from other countries of the world, and for this we have to study and learn other languages with the help and support of our prof. Alphabet.*

*If it were possible, therefore, since we have listened to you in silence, dear FOREIGN LETTERS, we now truly welcome you to our school together with prof. Alphabet and our English teacher.*

*WELCOME TO CALABRIA AND ITALY!*

*E cercate di comportarvi con ordine e intelligenza nella composizione delle parole e delle frasi, aiutandoci a scrivere e a parlare bene.*

*And try to behave with order and intelligence in the composition of words and sentences, helping us to write and speak well.*

*Ora, vi presento io, ai miei compagni di classe, in maniera formale: **J-K-X-Y-W** ma poi sarete presentate con tutti gli onori del caso, ufficialmente, durante la festa che organizzeremo per voi con il nostro prof. Alphabet nella giornata **"OPEN ENGLISH DAY"**.*

*Vedrete ci "divertiremo un mondo" nel creare e costruire parole utili e importanti, frasi originali e spiritose insieme con la nostra Teacher: Miss Terry.*

Tutti, sorridenti e soddisfatti, del discorso di Vivienne, fanno un lungo e scrosciante applauso in classe.

La simpatica e tenera preside commossa si asciuga le lacrime, i bidelli ritornano alle loro postazioni, "felici come una pasqua".

*Now, I introduce you, to my classmates, in a formal way: J-K-X-Y-W but then you will be presented with all the honors of the case, officially, during the party we will organize for you with our prof. Alphabet on the "OPEN ENGLISH DAY".*

*You will see we will "have a lot of fun" in creating and building useful and important words, original and witty sentences together with our Teacher: Miss Terry.*

*Everyone, smiling and satisfied with Vivienne's speech, makes a long and thunderous applause in class.*

*The sympathetic and tender headmistress wipes away her tears, the janitors return to their positions, "happy as a clam".*

Dulcis in fundo: il prof Alphabet si alza e invita gli studenti della scuola ad accogliere con coraggio tutto l'alfabeto, a prendere per mano le LETTERINE STRANIERE insieme con le LETTERINE ITALIANE, e a formare un gran girotondo.

Ritorna la dolce musica nell'aria, l'armonia riempie l'atmosfera educativa nella scuola di Portobello, riprende la vita scolastica dei nostri studenti, che diventano più sereni e consapevoli di aver accolto con gioia le "lettere straniere". Di aver imparato una lingua diversa e di essere cresciuti e maturati allo scopo di poter accogliere gli altri e di essere accolti, a loro volta, nel mondo.

*Dulcis in fundo: Prof. Alphabet t stands up and invites the students of the school to courageously welcome the whole alphabet, to take the FOREIGN LETTERS by the hand together with the ITALIAN LETTERS, and form a large circle.*

*The sweet music returns in the air, harmony fills the educational atmosphere in the Portobello school, the* school life of our students resumes, who become more serene and aware of having welcomed the "foreign letters" with joy. To have learned a different language and to have grown and matured in order to be able to welcome others and to be welcomed, in turn, into the world.

*L'universo non ha limiti! L'unico limite è l'ignoranza, ma la nostra mente ha, continuamente, sete di conoscere... non lasciamola morire di sete (T. Averta)*

*The universe has no limits! The only limit is ignorance, but our mind is continually thirsty for knowledge ... let's not let it die of thirst (T. Averta)*

Scuola di Portobello

"Che felicità imparare con le storie!"

"What happiness to learn with stories!"

THE END

# RIFLESSIONI

*Con questo racconto di genere fantastico ho voluto coniugare l'educazione alla lettura con l'educazione linguistica e civica perché la lettura serve senz'altro a sviluppare capacità individuali ma soprattutto capacità sociali.* **La lettura è un atto di socializzazione**, *contribuisce alla cittadinanza attiva e alla formazione degli studenti e delle studentesse come cittadini e cittadine responsabili e consapevoli.*

*Come avete potuto vedere è un libro illustrato per bambini, la narrazione si sviluppa tramite le immagini ed il racconto procede esclusivamente attraverso i disegni.*

*Spero tanto che vi possa interessare ed entusiasmare e anche motivare tanto all'apprendimento scolastico quanto allo studio delle lingue straniere.*

## REFLECTIONS

*With this fantastic genre story I wanted to combine reading education with linguistic and civic education because reading certainly serves to develop individual skills but above all social skills. Reading is an act of socialization, it contributes to active citizenship and to the formation of male and female students as responsible and aware citizens.*

*As you have seen, it is an illustrated book for children, the narration develops through the images and the story proceeds exclusively through the drawings.*

*I very much hope that it will interest and inspire you and also motivate you both to learn at school and to study foreign languages.*

THANK YOU

www.ingramcontent.com/pod-product-compliance
Lightning Source LLC
Chambersburg PA
CBHW061623130726
47996CB00003B/1101